SE VOLA È LOLA
SE È LOLA VOLA
E SE NON VOLA?
NON È LOLA.

# Lola

testo e illustrazioni di *Spider* orecchio acerbo

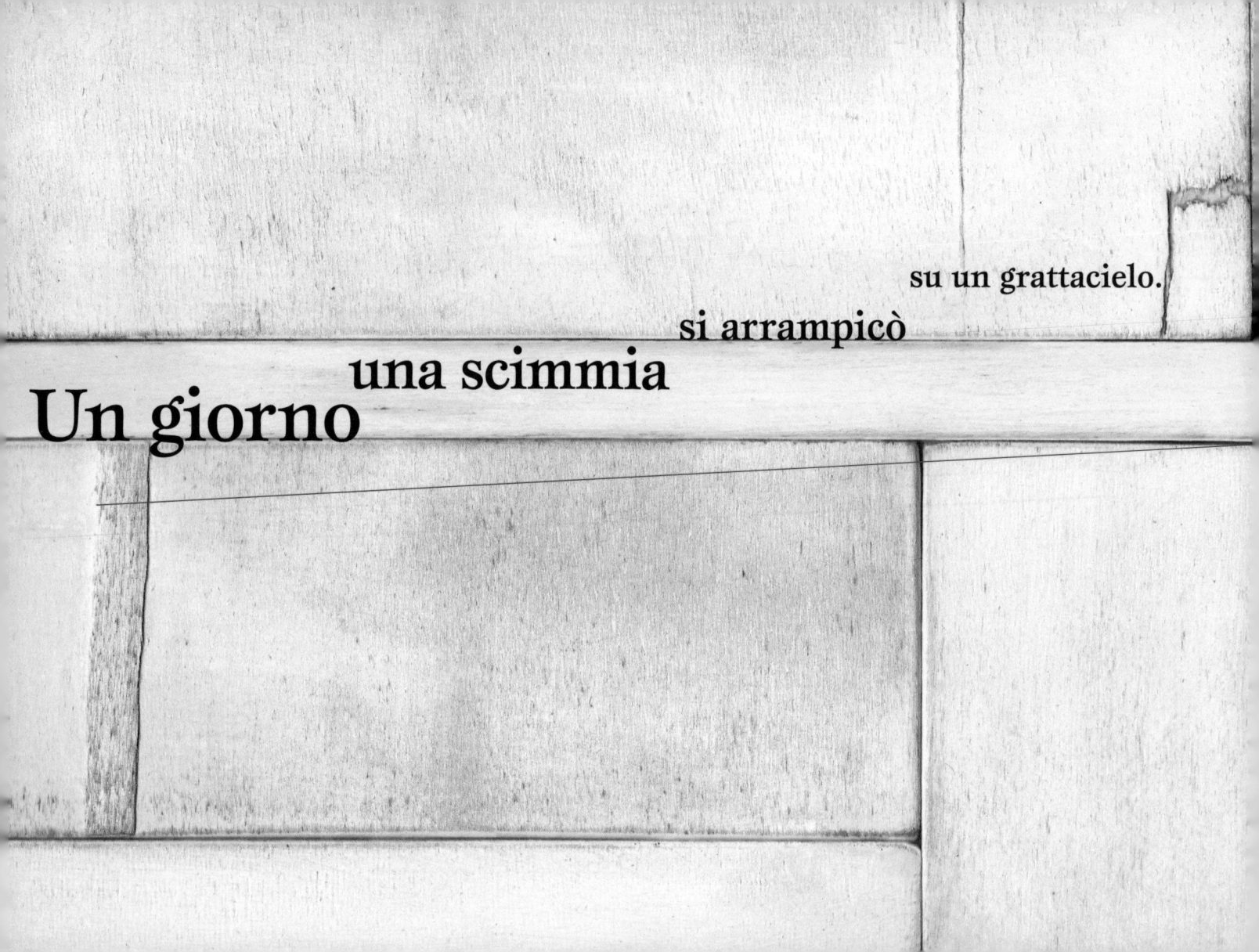

Arrivata sul tetto,
guardò giù.

Vista dall'alto
la città le sembrò molto più bella.
Si costruì un aeroplano,
e decise di non scendere più.

Quella scimmia si chiamava **Lola**.

sui pollai

sul mare

sulle fabbriche

sulle scuole

sui giocattoli

sui nonni

sui gelati...

Ma sì,
ogni scusa è buona
per volare.

# FAI TARDI A SCUOLA?

*Chiama Lola!*

# HAI UN BUCO NELLA SUOLA?

*Chiama Lola!*

# TI SENTI SOLA?
## Chiama Lola!

# VAI IN ANGOLA?

## *Chiama Lola!*

# Sì, Lola
ha viaggiato, molto.

E ogni viaggio è stato un'avventura.
## Come quell'estate...

Si sa che d'estate fa caldo e piove poco. È normale, no?

Quell'agosto però era caldissimo,

# SUPERCALDO

e non pioveva da mesi.

Lola se ne stava
sul suo tetto
a godersi un po'
di venticello.

Cercava di ricordare
una parola che aveva sentito in un film:

**SUPERFRAGIL...**

**SUPERCALIFOSO... NO.**

**FRAGILCALISUPER... NO.**

A un tratto...

# Colpo di genio!

"Quando da noi
è estate, e c'è il sole,

**dall'altra parte del mondo
è inverno, e piove,
o addirittura nevica!!**

Se volassi laggiù
per prendere un po' di nuvole...
Potremmo addirittura sciare!"

Subito preparò l'aereo per il viaggio
e delle speciali corde fatte d'acqua
per catturare le nuvole.

La mattina dopo andò dal sindaco e gli promise
*neve a ferragosto.*

Poi salutò tutti dal cielo
e partì.

Il cielo è limpido,
il sole splendente,
e Lola si sente in vacanza.

# MA ECCO ALDO, L'URAGANO.

Sta dormendo, e Lola fa piano piano,
ma quello scemo di aereo STARNUTISCE... e lo sveglia.

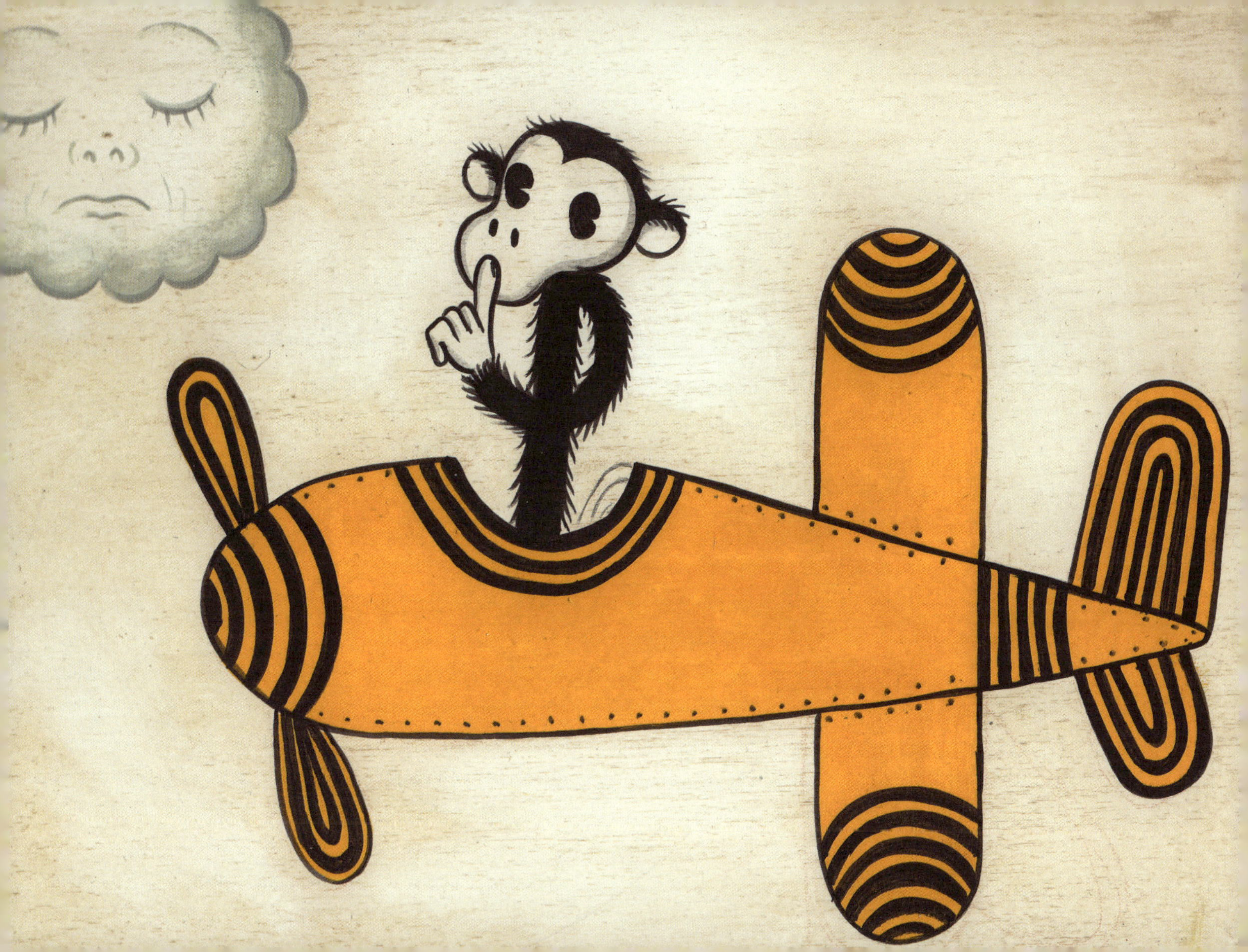

Spaventato, Aldo inizia a soffiare a più non posso.

E LI SCROLLA
LI SBALLOTTA
LI RIGIRA

E li spinge lontano,　　　　　　　　molto, molto lontano...

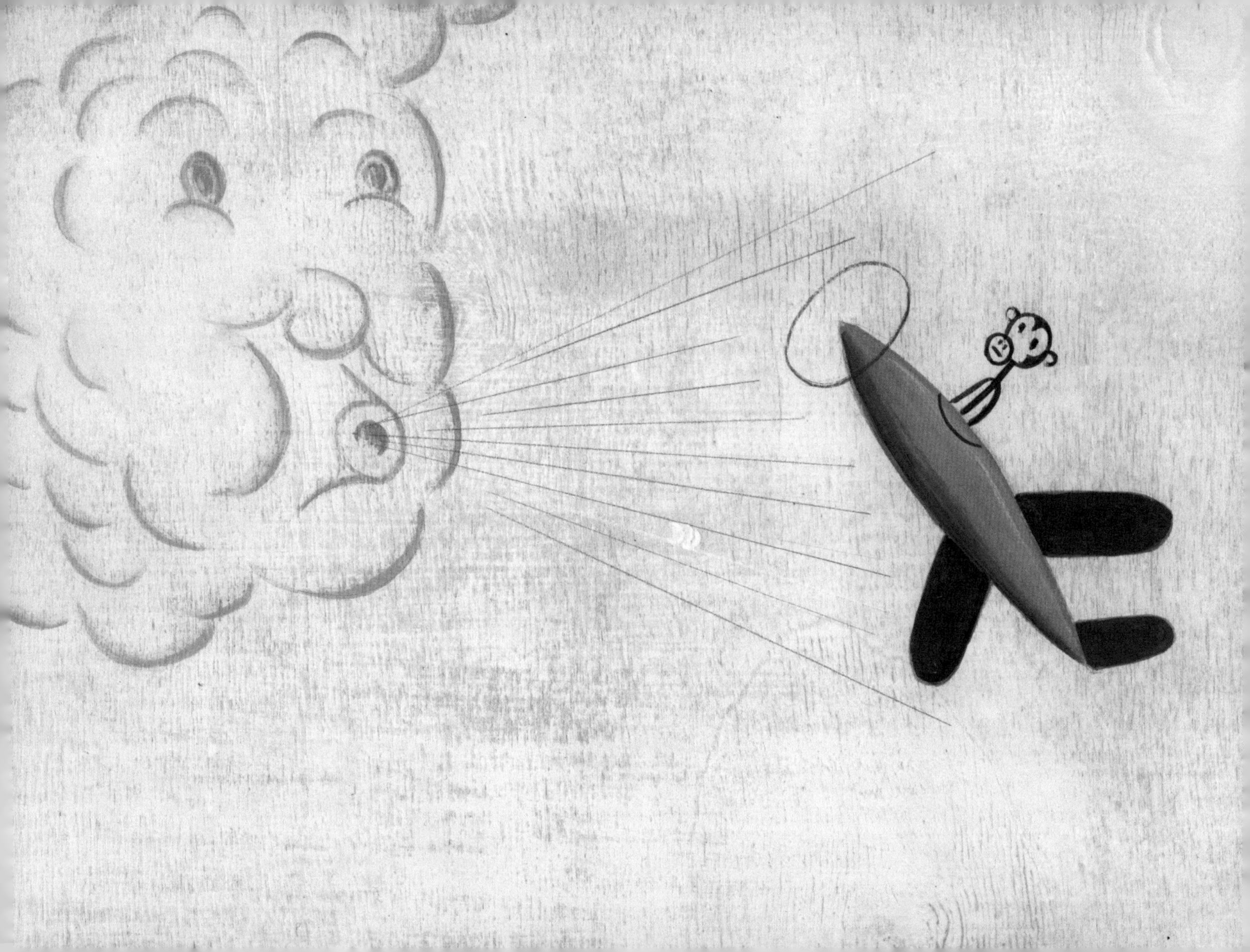

... in un posto deserto e giallastro, la Luna.

Come è nitida la Terra,
e come si vedono bene le nuvole!
Impossibile sbagliare strada.

Si riparte in picchiata.

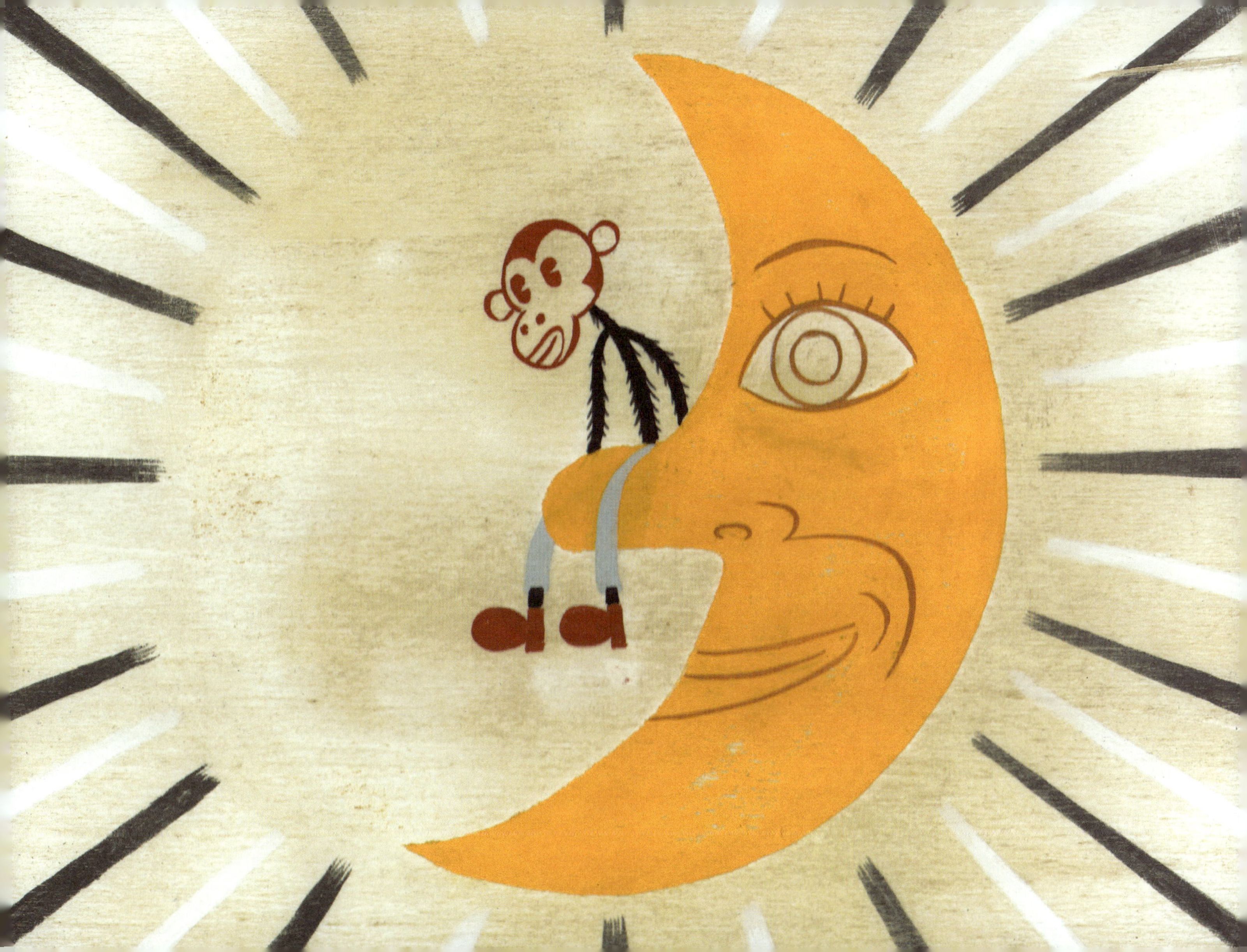

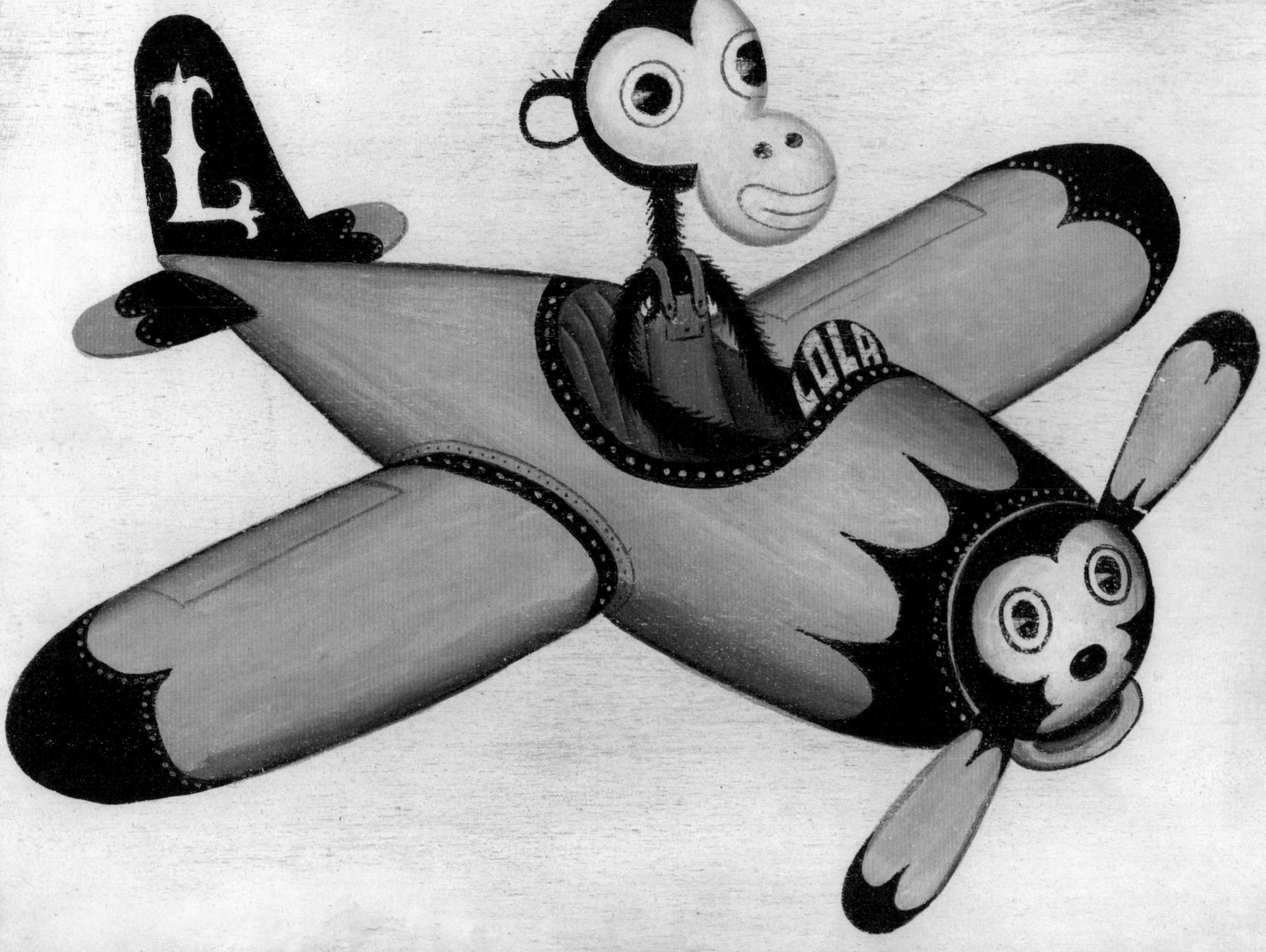
L
LOLA

# Ed eccole le nuvole!

Prima piccole piccole,

poi sempre più grandi...

...sempre più grandi...

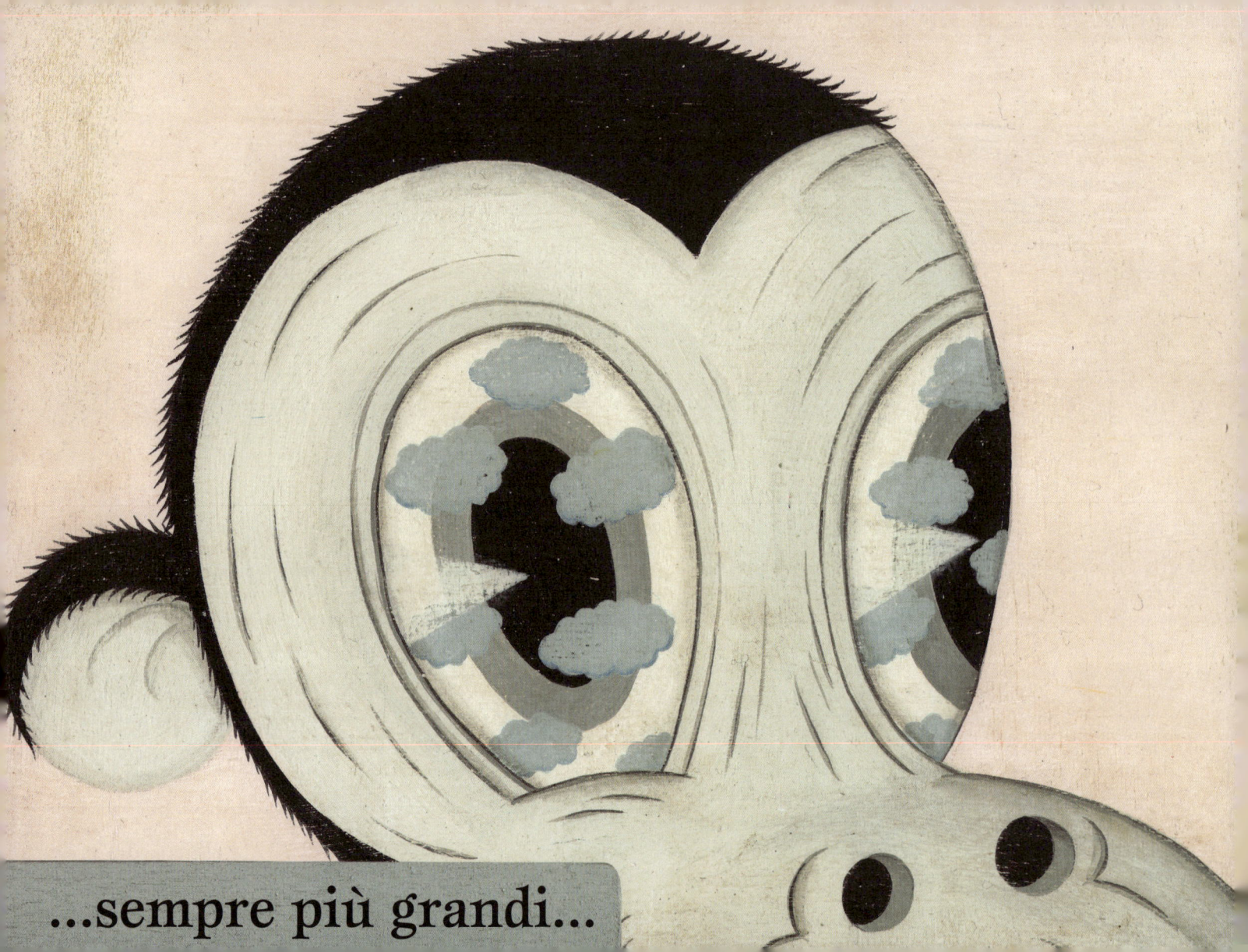

..sempre più grandi...

Un grosso branco di nuvole,
cariche di pioggia e neve,

# tutte per lei.

Lola prende le sue corde d'acqua
e comincia a catturarle.

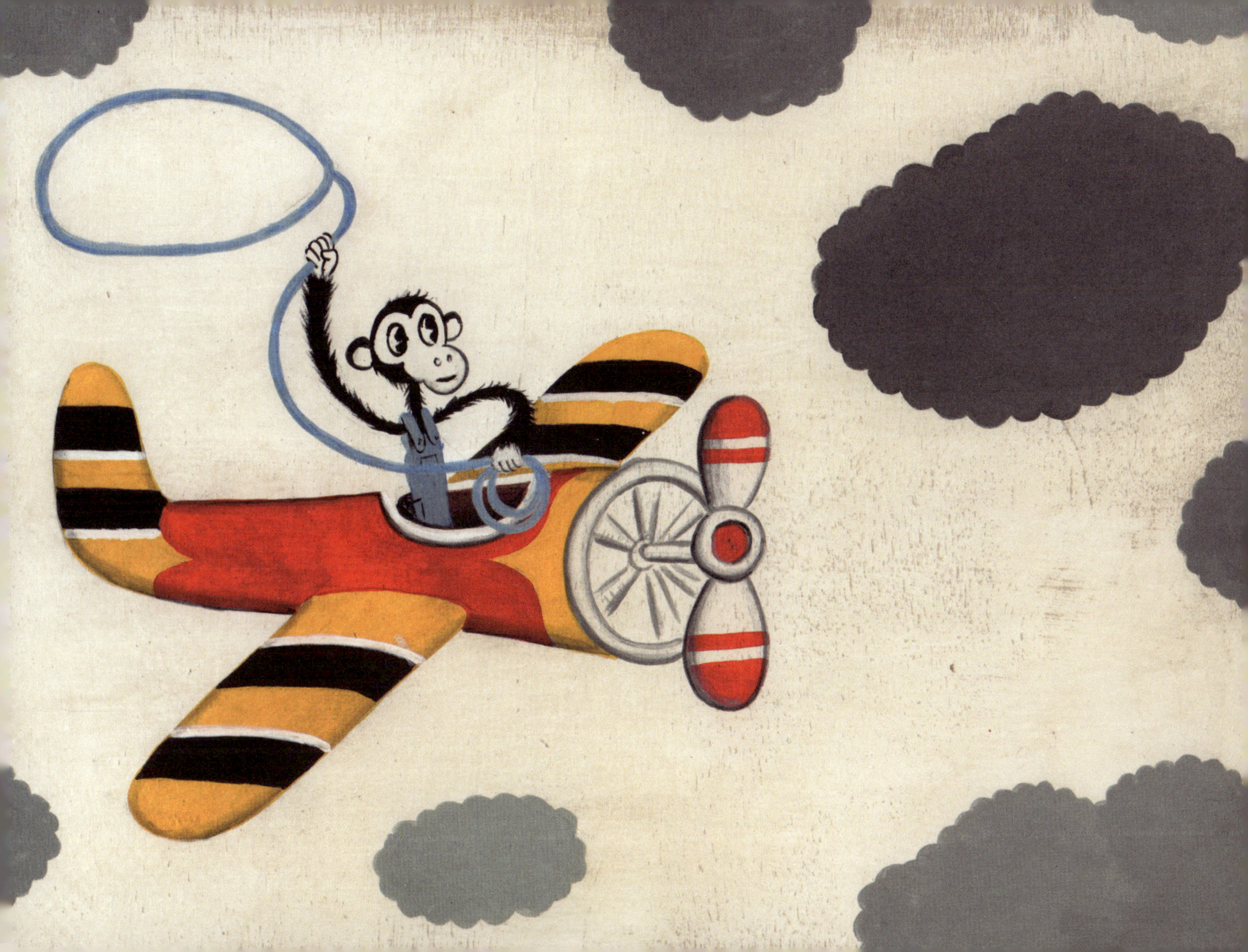

Fatto un bel bottino,
comincia a trainarle verso casa.

Ma, più si avvicinano al caldo,
più le nuvole si sciolgono.

"Di questo passo non rimarrà più niente!"

Ma Lola ha un'altra idea
# GENIALE.

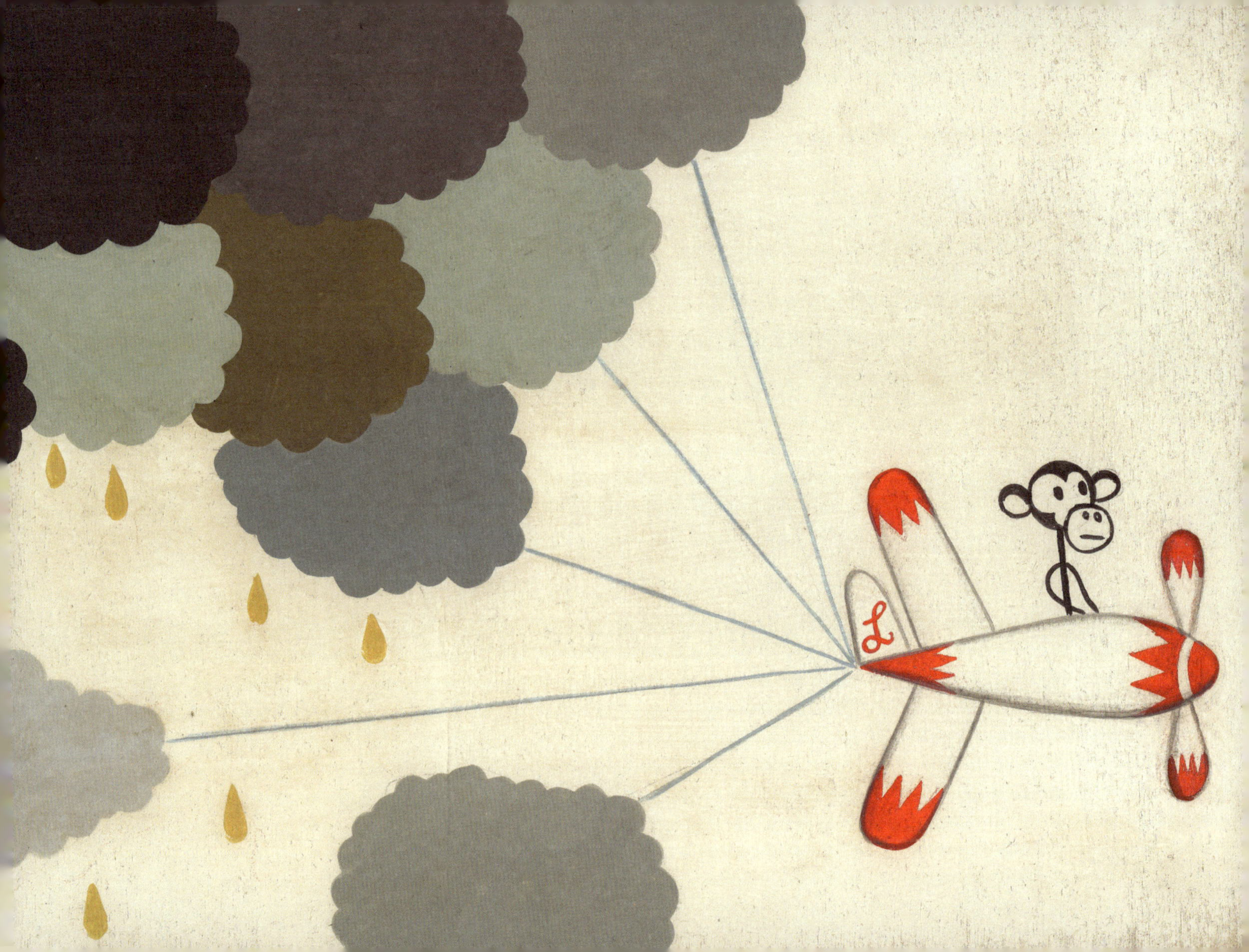
L

"Se uso l'elica come un ventilatore,
potrò spingere le nuvole e tenerle

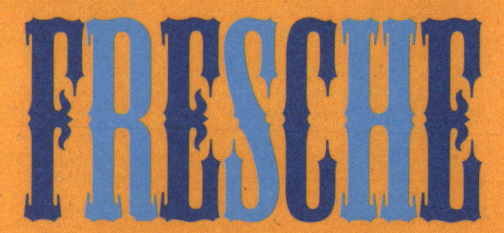

# FRESCHE

nello stesso tempo!"

E andò proprio così.

Arrivò di notte,
mentre la città dormiva:
voleva fare
una sorpresa!

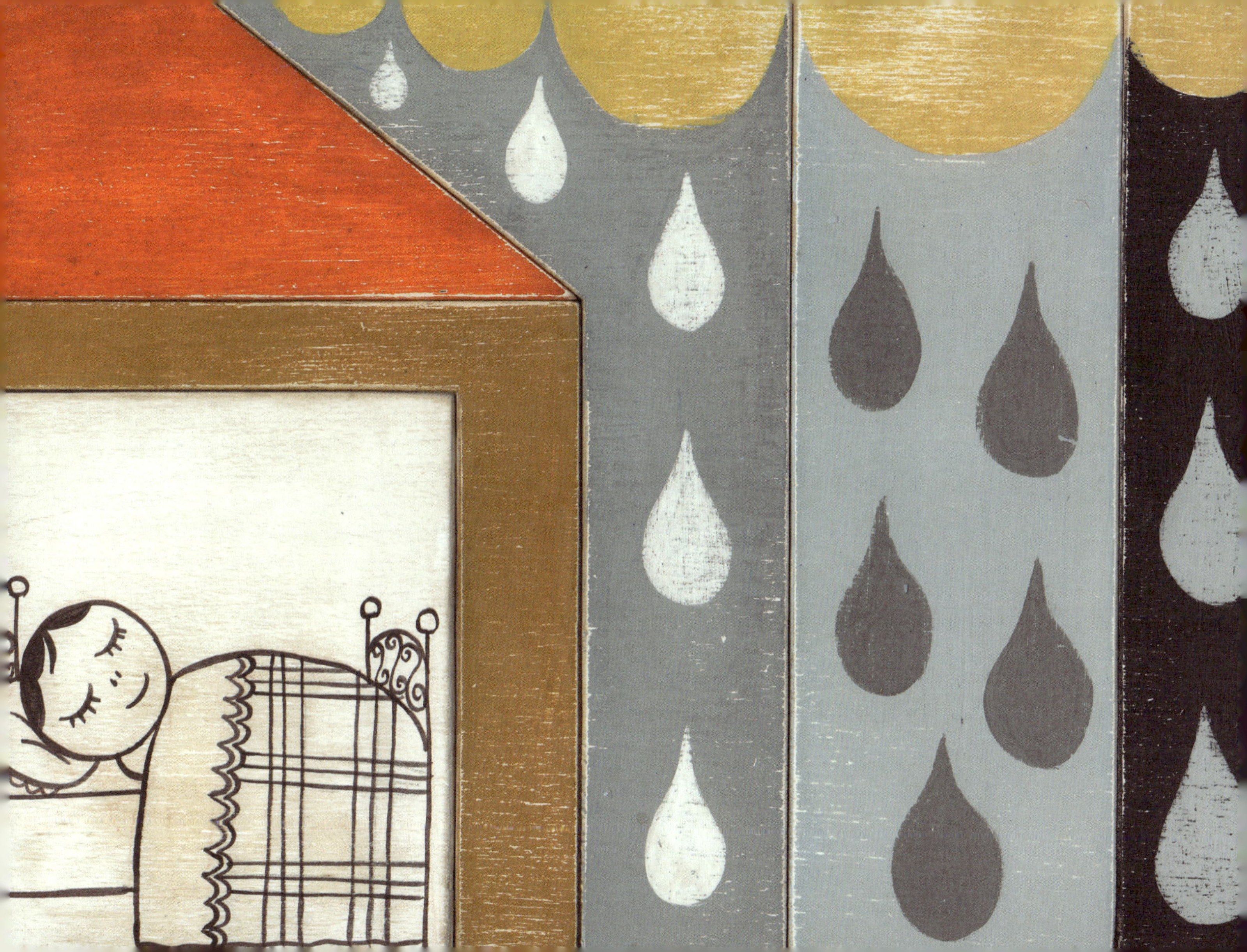

Il mattino dopo, tutti erano per strada,

felici, sotto quella pioggia miracolosa.

Fu deciso che Lola si meritava

**UNA MEDAGLIA D'ORO.**

Lei però non lo seppe. Dormiva.

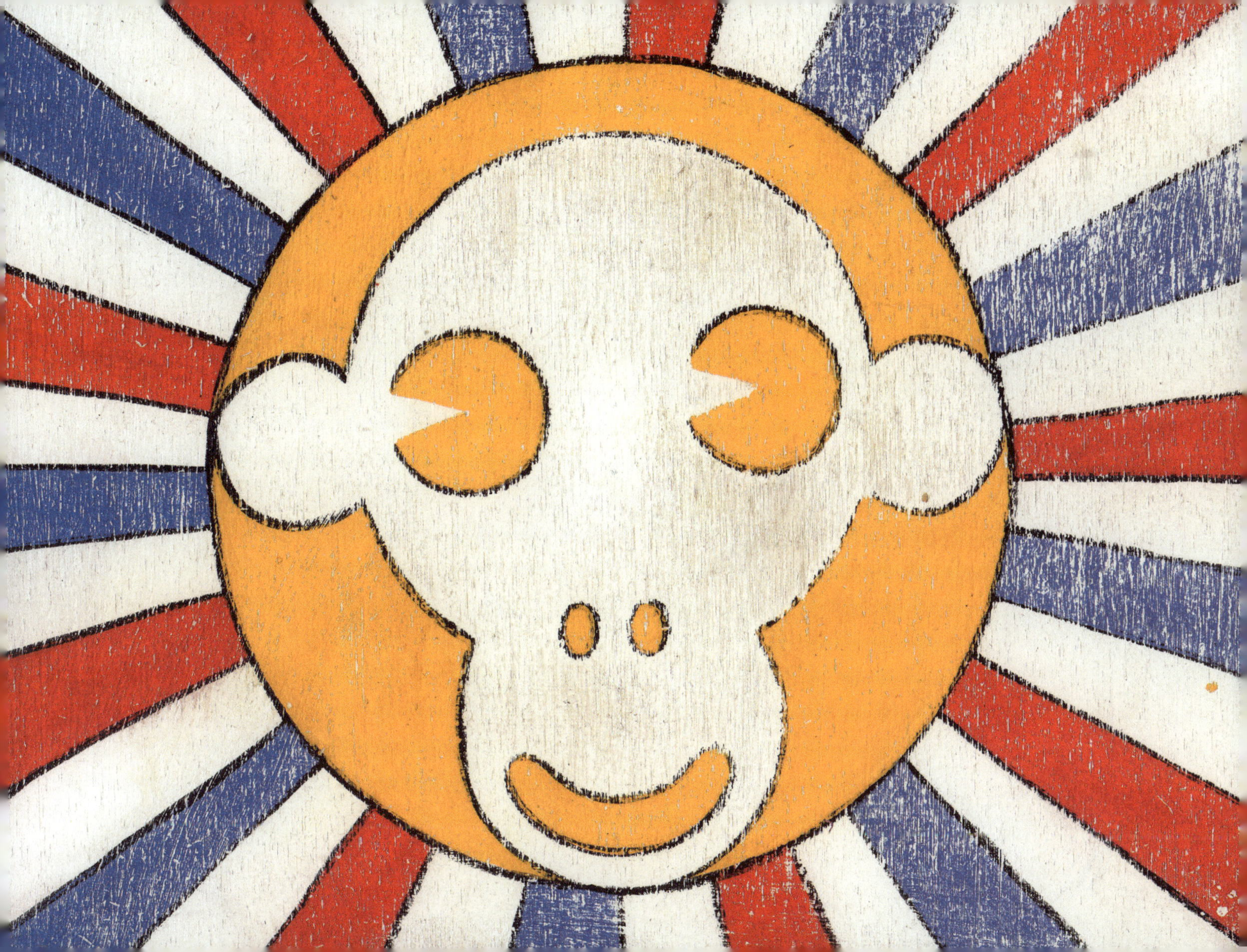

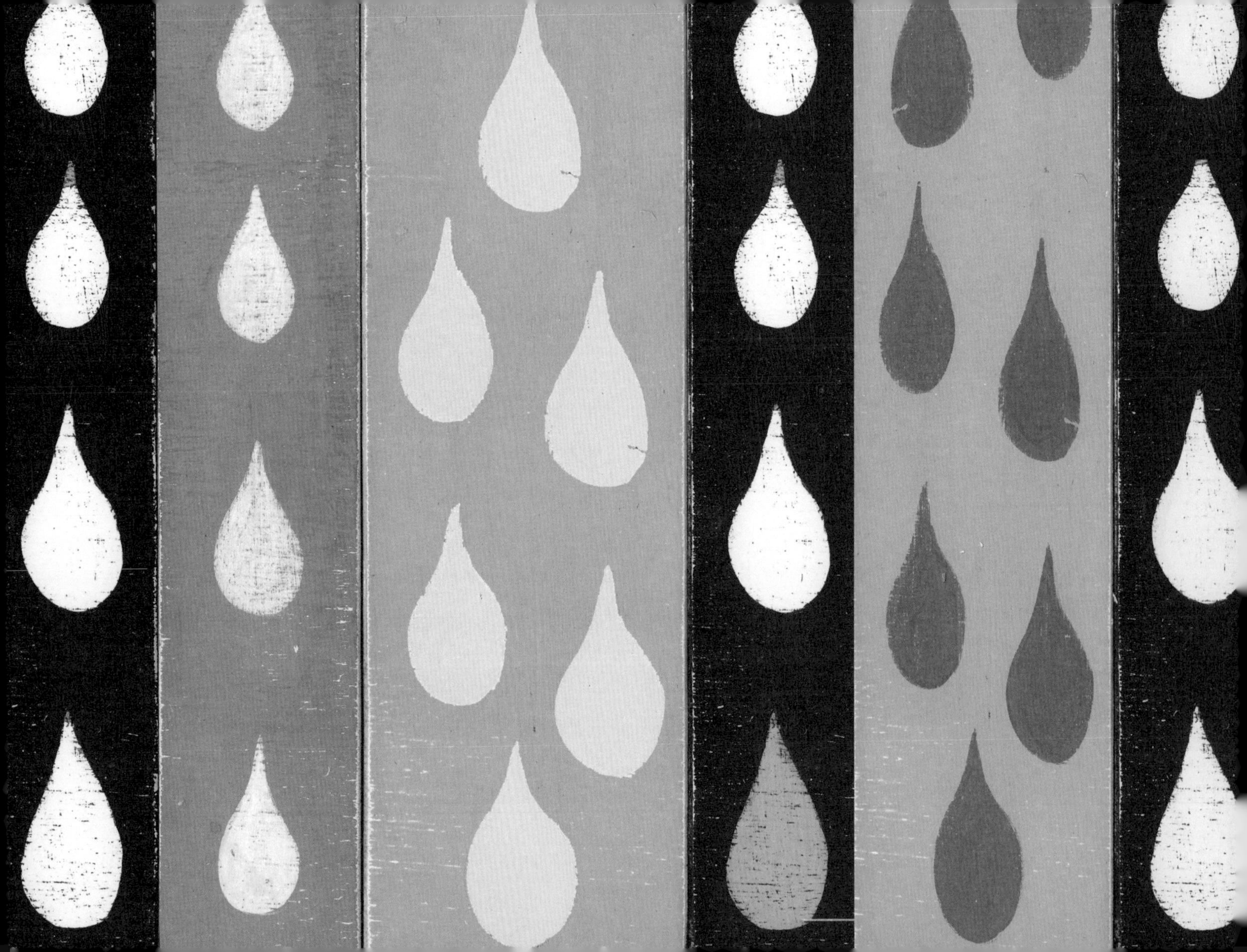

Dormì per tre giorni filati,
e quando si svegliò batteva i denti dal freddo.

La neve, ormai, arrivava al primo piano.

Lola ci pensò su.
"Forse qualcosa si può fare" disse.

*E riaccese il motore...*

© Spider 2011

© 2011 orecchio acerbo s.r.l.
viale Aurelio Saffi, 54
00152 Roma

**www.orecchioacerbo.com**

Finito di stampare
nel mese di ottobre 2011

**Grafica** orecchio acerbo
**Stampa** Futura Grafica '70, Roma

Stampato su Carta Fedrigoni
Arcoprint Extra White

ISBN 978-88-96806-12-8

SE VOLA È LOLA
SE È LOLA VOLA
SE VOLA È LOLA
SE È LOLA VOLA